MERCENARIO$
Volume 04

Mercenário$

Créditos

Criação e Roteiro: Fran Briggs

Arte: Anna Giovannini

Editor-Chefe: Guilherme Dei Svaldi

Jambô
Livros divertidos

Rua Coronel Genuíno, 209 • Porto Alegre, RS
CEP 90010-350 • Tel (51) 3391-0289
contato@jamboeditora.com.br • www.jamboeditora.com.br

1ª edição: dezembro de 2019 | ISBN: 978858365117-8

Dados Internacionais de Catalogação na Publicação

B854m Briggs, Fran
v.4 Mercenário$ / Fran Briggs e Anna Giovannini. — Porto Alegre: Jambô, 2019.
96p. il.

1. História em quadrinhos. I. Giovannini, Anna. II. Saladino, Rogerio. III. Título.

CDU 82-91(084.1)

CAPÍTULO 10

A Princesa e uma Missão Concluída

TÁ SERTU QUI ISSU AQUI É UM BURACU NOJENTU...
...MAIS NEIM PUR ISSU TU VAI FICA ENTRANU I SAINU QUANDU BEIM QUISÉ...
...FILHU DI DAGDA.
DÁ UM MOTIVU PRA NÓIS NUM TI JANTÁ.
HOMESSA, NOVAMENTE ESSA IDEIA FIXA SOBRE ME DEVORAR?

JÁ QUE NÃO PODEMOS FUGIR DISSO REPETIREMOS O ENREDO.
?!
APENAS ME RESPONDA COMO...
...PRETENDE EXPLICAR AO VOSSO JOVEM REI O MODO QUE SE DELICIOU COM A PELE MACIA DE UMA DE SUAS PRECIOSAS CONCUBINAS?
LÁ VEIM TU CUM ESSI PAPINHU FIADU DI *COLUMBINA!*
POIS VEJA POR SI MESMO O QUÃO ESPECIAL ELA É.

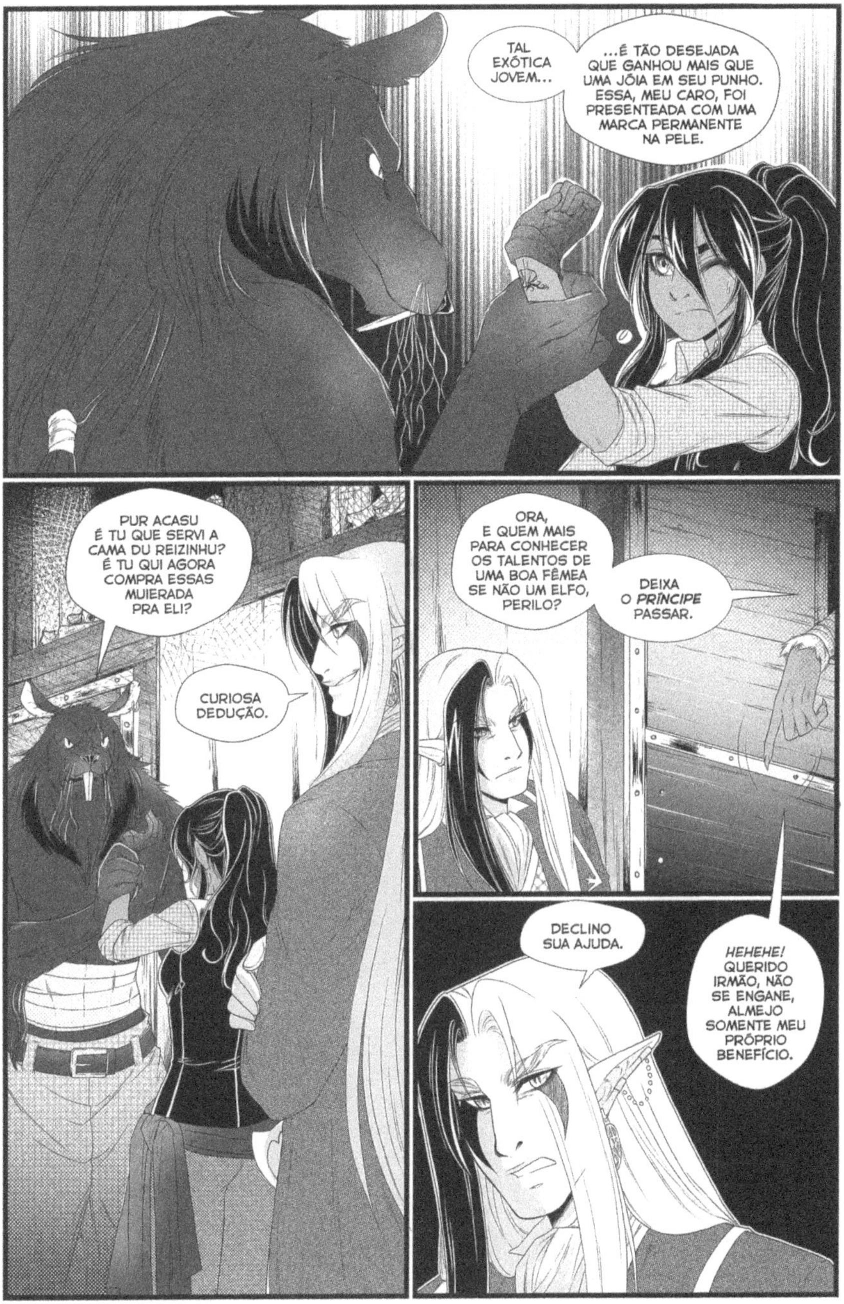
TAL EXÓTICA JOVEM...
...É TÃO DESEJADA QUE GANHOU MAIS QUE UMA JÓIA EM SEU PUNHO. ESSA, MEU CARO, FOI PRESENTEADA COM UMA MARCA PERMANENTE NA PELE.
PUR ACASU É TU QUE SERVI A CAMA DU REIZINHU? É TU QUI AGORA COMPRA ESSAS MUIERADA PRA ELI?
CURIOSA DEDUÇÃO.
ORA, E QUEM MAIS PARA CONHECER OS TALENTOS DE UMA BOA FÊMEA SE NÃO UM ELFO, PERILO?
DEIXA O *PRÍNCIPE* PASSAR.
DECLINO SUA AJUDA.
HEHEHE! QUERIDO IRMÃO, NÃO SE ENGANE, ALMEJO SOMENTE MEU PRÓPRIO BENEFÍCIO.

TÃ BAUM, SI É ASSIM, LEVA A PROSTITUTA PRU REIZINHO. NUM CUIDU DI QUEIM U MULEQUE LEVA PRA CAMA.
TAP
GRATO, PERILO, É SEMPRE UM PRAZER DIALOGAR COM ALGUÉM TÃO CULTO.
NAUM MI CHAMA DI CULTU. EU NEIM SEI U QUIÉ ISSU.
ADH MOR ORT, DEARTHÁIR.

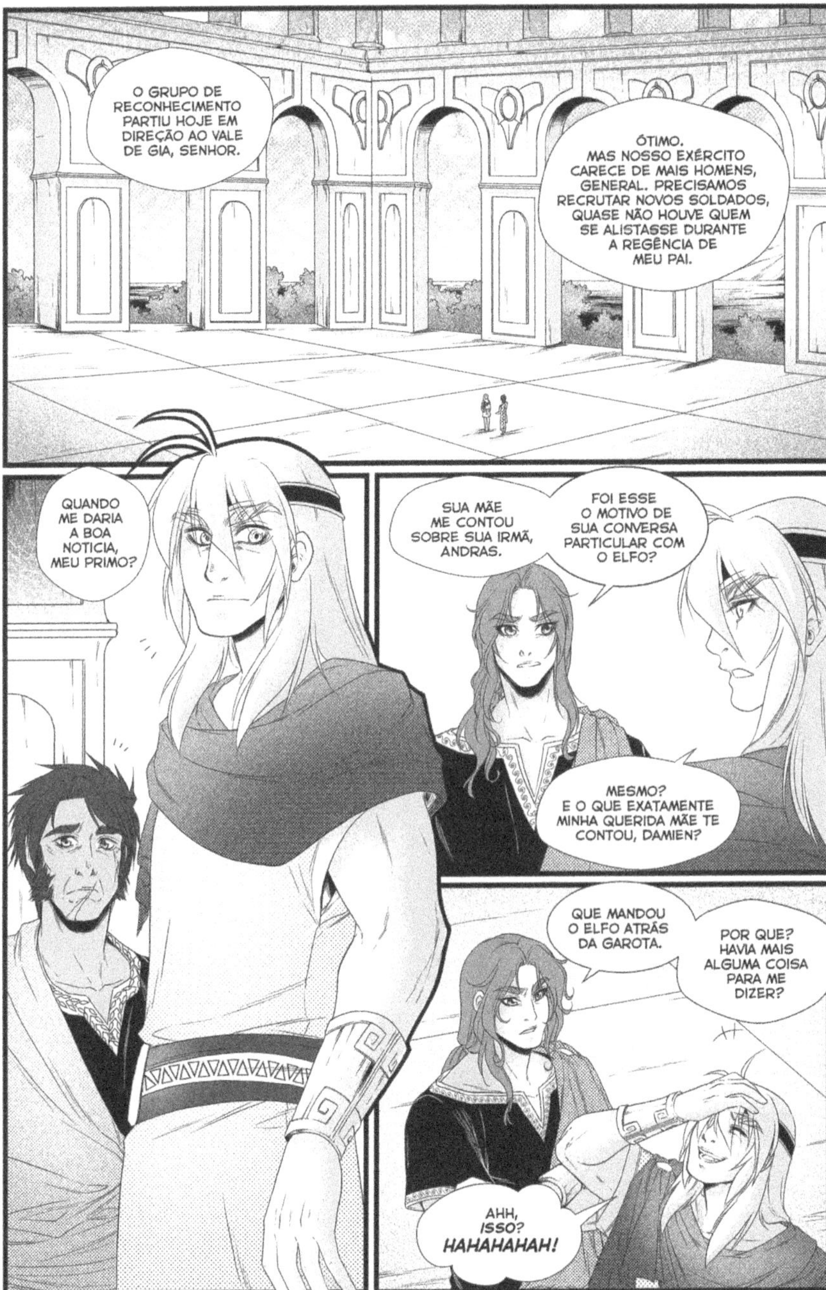
O GRUPO DE RECONHECIMENTO PARTIU HOJE EM DIREÇÃO AO VALE DE GIA, SENHOR.
ÓTIMO. MAS NOSSO EXÉRCITO CARECE DE MAIS HOMENS, GENERAL. PRECISAMOS RECRUTAR NOVOS SOLDADOS, QUASE NÃO HOUVE QUEM SE ALISTASSE DURANTE A REGÊNCIA DE MEU PAI.
QUANDO ME DARIA A BOA NOTICIA, MEU PRIMO?
SUA MÃE ME CONTOU SOBRE SUA IRMÃ, ANDRAS.
FOI ESSE O MOTIVO DE SUA CONVERSA PARTICULAR COM O ELFO?
MESMO? E O QUE EXATAMENTE MINHA QUERIDA MÃE TE CONTOU, DAMIEN?
QUE MANDOU O ELFO ATRÁS DA GAROTA.
POR QUE? HAVIA MAIS ALGUMA COISA PARA ME DIZER?
AHH, *ISSO?* ***HAHAHAHAH!***

NA VERDADE ERA PRA SER UMA SURPRESA...
...MAS NÃO PODEMOS CONFIAR NA DISCRIÇÃO DE UMA MULHER, NÃO?
SURPRESA?
DAMIEN, MEU PRIMO, FOMOS CRIADOS JUNTOS, QUASE COMO IRMÃOS.
TALVEZ SEJA O ÚNICO QUE ME CONHEÇA REALMENTE, QUE ME ENTENDA.
NÃO SOU TÃO FRIO E INSENSÍVEL COMO MUITOS ACHAM. DEPOIS DA MORTE DE MEU PAI ME PREOCUPEI COM A MINHA IRMÃ, ABANDONADA SABE-SE ARAWN COMO!
PARA O INFERNO COM AS CONVENÇÕES! ELA É MINHA IRMÃ, VOCÊ É MEU PRIMO E CHEGUEI A CONCLUSÃO DE COMO PODERIA DAR A POBRE GAROTA UM BOM FUTURO SEM EXPÔ-LA COMO UMA BASTARDA.
E ENTÃO?

CASANDO MINHA IRMÃ COM MEU PRIMO, É CLARO!
COMO? QUEM VOCÊ...? COMO SE ATREVE A ALGO ASSIM SEM ME CONSULTAR? NÃO É DONO DA VIDA DE NINGUÉM, ANDRAS!
PAF
TEM TODA RAZÃO, MAS NÃO SE PREOCUPE, TALVEZ O MATRIMÔNIO NÃO SE TORNE POSSÍVEL.
NÃO ME PREOCUPAR!?
ESSES ELFOS PODEM SER BEM TRAIÇOEIROS...
...NÃO SABEMOS O QUE ACONTECERÁ COM MINHA IRMÃZINHA NO CAMINHO ATÉ AQUI.
E VOCÊ QUER QUE EU NÃO ME PREOCUPE!? QUAL O SEU PROBLEMA, ANDRAS!?

?
AHHH! É UM DEMÔNIO!
VOCÊS HUMANOS JAMAIS NOTARÃO A DIFERENÇA?

ANTES QUE CORRA EM HISTERIA PROPAGANDO COMO PROFANO VIRGENS E DEVORO BEBÊS, FAÇA-ME UM DIMINUTO FAVOR.
AVISE A SUA RAINHA QUE ESTAMOS A ESPERA DELA, MAS NÃO CONTE SOBRE NOSSA PRESENÇA A MAIS NINGUÉM OU FATALMENTE SEUS DELICADOS LÁBIOS NUNCA MAIS PROFERIRÃO SOM ALGUM.
ENTÃO É ASSIM QUE VOCÊ VIVE.
ARRISCANDO A VIDA DE OUTROS ENQUANTO TENTA CUMPRIR SEUS ACORDOS?
APENAS DOU CABO DE MINHAS MISSÕES, ARRISCAR A VIDA ALHEIA É UMA CONSEQUÊNCIA QUE NÃO ME CABE EVITAR.

E SE NÃO FUNCIONASSE, DOMI? E SE AQUELA CRIATURA, AQUELE RATO GIGANTE, DESCOBRISSE QUE A MARCA É SÓ MAQUIAGEM?
CERTAMENTE SERIA DEVORADA E OS PROBLEMAS COM RELAÇÃO A SUA HEREDITARIEDADE NÃO EXISTIRIAM MAIS.
MEU NASCIMENTO SÓ SE TORNOU UM PROBLEMA PORQUE A RAINHA QUIS ASSIM.
VOCÊ SABE QUE NUNCA ME INTERESSEI POR NADA DISSO.
NÃO É A MIM QUE PRECISA PROVAR QUALQUER COISA. MINHA MISSÃO ERA CUIDAR DE SUA PESSOA.
TÔ COMEÇANDO A ACHAR, ELFO, QUE NÃO ME DEIXOU VOLTAR PRA CASA PORQUE ME QUERIA AQUI DE QUALQUER JEITO.
ACASO SE ESQUECEU DE QUE NÃO HAVIA MAIS NADA PARA VOCÊ NAQUELE LUGAR?
OU ALGUÉM À QUEM REGRESSAR?

O QUE LEMBRO BEM É DE QUERER QUEBRAR A SUA CARA E DEPOIS VOLTAR PRA CASA. SERÁ QUE FUI EU MESMA QUEM DECIDIU VIR PRA AGAMERON OU ME DEIXEI LEVAR PELA SUA CONVERSA FIADA?
SABE QUE A RAINHA ME ODEIA E PROVAVELMENTE FOI ELA QUEM MANDOU DAR CABO DE MIM E DA NANA. E, MESMO ASSIM, TU ACHA QUE É MELHOR EU FICAR AQUI.
MINHA CARA, EU NÃO A OBRIGUEI A VIR.
SOMENTE ARGUMENTEI A FIM DE QUE TOMASSE A DECISÃO MENOS ESTÚPIDA.
ENTÃO NÃO ME TRARIA DE QUALQUER JEITO? NÃO FARIA DE TUDO PRA CONCLUIR SEU TRABALHO?
E SE EU DECIDIR IR EMBORA, ESQUECER A RAINHA, MEU IRMÃO E TODA ESSA CONFUSÃO DO MEU PAI?
POUF
AGORA QUE ESTÁ EM AGAMERON, TUDO O QUE FIZER É DE SUA RESPONSABILIDADE, NÃO MINHA.
E NADA DO QUE ACONTECER COMIGO VAI SER RESPONSABILIDADE SUA TAMBÉM, NÉ? PORQUE SÓ ESTÁ CUMPRINDO A MISSÃO PELA QUAL FOI PAGO.
MUITO BEM PAGO, ALIÁS. DORAVANTE, NÃO SE PREOCUPE COM A RAINHA, CREIO QUE ELA SERÁ O MENOR DE SEUS PROBLEMAS.

EU NÃO TENHO MEDO DE RAINHA NENHUMA, TENHO MEDO É DE FICAR PRESA NUM ÚNICO LUGAR, DE NOVO.
SE MEU IRMÃO ESTIVER BEM, NADA MAIS VAI ME PRENDER AQUI, ELFO.
PREFERE SER UM ALVO AMBULANTE? SOBREVIVERIA SOZINHA PELO CONTINENTE?
EU ME VIRO, JÁ QUE NÃO POSSO CONTAR CONTIGO A NÃO SER QUE TE PAGUE, NÉ?
MINHA CARA, JAMAIS PAGARIA O BASTANTE PARA NOS TRANSFORMAR EM ALVOS...
...PARA TODOS AQUELES QUE A CONSIDERAREM UMA AMEAÇA. E, DE TODO MODO, SEI QUE FICARÁ BEM SE NÃO DEIXAR SUA IMPULSIVIDADE FALAR MAIS ALTO QUE A RAZÃO.
APRENDA A OUVIR E OBSERVAR.
COMO UMA PRINCESA OBEDIENTE.
COMO UMA *PRINCESA VIVA.*

SEMPRE PREFERI SER UMA MULHER LIVRE.
LIBERDADE NÃO É ALGO PELO QUAL POSSA PAGAR. NÃO QUANDO NASCEU COM ESSA MALDIÇÃO.
E POR ISSO TENHO QUE FICAR PRESA AQUI, IGUAL NAQUELA CASA COM A MINHA MÃE E A NANA.
VAI APRENDER, MINHA CRIANÇA, QUE NEM TODAS AS PRISÕES POSSUEM GRADES.
LOGO VIRÃO RECEPCIONÁ-LA.
MINHA MISSÃO ESTÁ CUMPRIDA.
BOA SORTE EM SUA NOVA VIDA, PRINCESA.

MINHA SENHORA, DESCULPE INTERROMPÊ-LA, MAS...
ELE DISSE... ELE DISSE QUE SE EU AVISASSE SOBRE SUA PRESENÇA PRA QUALQUER OUTRA PESSOA... ARRANCARIA A MINHA LÍNGUA!
COMO? ELE QUEM? ANDRAS?
NÃO, MINHA RAINHA, O DEMÔNIO DE OLHOS VERMELHOS QUE ESTÁ NA BIBLIOTECA!
!

SENHOR WINDSLASHER?
O ELFO FALOU PRA MULHER AVISAR A RAINHA, ONDE ELA TÁ?
ELE FOI EMBORA.
ESTÁ TUDO BEM, A SERVA JÁ DEU O RECADO.
E QUEM É VOCÊ, CRIANÇA?
EU SOU SAVANNA YANDARA, FILHA DE LANDER E TITÂNIA, E PRECISO VER MEU IRMÃO, O REI ANDRAS.
DESEJA VER SEU IRMÃO?
COMPREENDO, FOI POR ISSO QUE WINDSLASHER ORDENOU QUE AVISASSEM SOMENTE A RAINHA.

NÃO SE PREOCUPE, MINHA QUERIDA, ESTÁ EM BOAS MÃOS, VOU CUIDAR DE VOCÊ.
ENCONTROS ASSIM DEVEM SER CELEBRADOS.
ENVIAREI MENSAGENS URGENTES AOS NOBRES DA CAPITAL, DIZENDO QUE O REI DESEJA A PRESENÇA DE TODOS ELES NO SALÃO DE SEU PALÁCIO.
EU NÃO ENTENDI... QUEM É VOCÊ? A RAINHA VAI PERMITIR ISSO? E PRA QUE UM BANQUETE?
FIQUE TRANQUILA, SAVANNA, NÃO EXISTE MELHOR OCASIÃO QUE UM BANQUETE, PARA APRESENTAR A TODOS...

...A IRMÃ DO JOVEM REI ANDRAS.
MAS ATÉ CHEGAR À HORA, FICARÁ SEGURA EM UM QUARTO DA ALA OESTE, DISCRETAMENTE SE PREPARANDO PARA A OCASIÃO. NÃO SE PREOCUPE...
...VOU CUIDAR DE VOCÊ.

PELOS COLHÕES DE ARAWN!
O QUÊ, EM NOME DO NONO CIRCULO DO INFERNO, A SENHORA ESTÁ FAZENDO?
O QUE TE PARECE, MEU QUERIDO? ORGANIZANDO O BANQUETE DE AMANHÃ E CONFERINDO OS NOBRES QUE CONFIRMARAM PRESENÇA.
SABE QUE ESTAMOS PRATICAMENTE EM GUERRA, CRIATURA?
VOCÊS MULHERES NÃO CONSEGUEM PENSAR EM NADA MAIS ÚTIL DO QUE FESTAS?!
ACHEI QUE UM BANQUETE EM HONRA AOS BRAVOS SOLDADOS QUE PARTIRÃO PARA A FRONTEIRA, SERIA A MELHOR MANEIRA DE ACALMAR OS QUE SÃO CONTRA UMA GUERRA.
E DESDE QUANDO O POVO FICA FELIZ VENDO SEUS NOBRES CELEBRAREM...
...ENQUANTO OS FILHOS DELES SÃO ENVIADOS PARA A BATALHA, MULHER?
E DESDE QUANDO SE IMPORTA COM A OPINIÃO DO POPULACHO, ANDRAS? NÃO SE PREOCUPE! SERÁ DIVERTIDO, PROMETO.

GOSTA DISSO, NÉ, MOCINHO?
SUA DONA NÃO DEVE DEMORAR, PELO JEITO QUE O ELFO A PROTEGIA, DUVIDO MUITO QUE A DEIXE FORA DO ALCANCE DELE.
E NÃO VAMOS DEIXAR UM ILUSTRE HÓSPEDE ESPERANDO, NÃO É?
ENCHA O OUTRO COCHO DE ÁGUA E ENTRE ASSIM QUE TERMINAR, MOCINHA. NADA DE ROUBAR MINUTOS PRA FLERTAR COM O FILHO DO PADEIRO.
RAGANI, VOCÊ TINHA RAZÃO, O WINDSLASHER VOLTOU, NÃO FAZ MUITO TEMPO! TÁ NAQUELE QUARTO QUE SEMPRE RESERVA.
VIU SÓ? DITO E FEITO.

POIS É, EU SABIA QUE ACABARIAM VOLTANDO BEM DEPRES--
?
NÃO ACREDITO QUE ABANDONOU AQUELA MENINA POR AÍ, ELFO.
E O QUE PENSOU QUE FARIA EU COM TAL JOVEM?
NEM VEM COM ESSA! VOCÊ FICOU BEM IRRITADO COM O MAX QUANDO ELE ATACOU A SAVANNA. E SEI QUE NÃO FOI SÓ PORQUE ELA ERA UMA MISSÃO.
OBVIAMENTE. SAVANNA É DEVERAS PRECIOSA.

JAMAIS PERMITIRIA QUE ALGUM MAL ACONTECESSE A ELA ENQUANTO ESTIVESSE SOB MEUS CUIDADOS.
E CUIDOU DA COITADA DEIXANDO ELA SOZINHA POR AÍ?
POUF
NÃO A ABANDONEI EM QUALQUER PARTE, MINHA CARA. A DEIXEI EM SEGURANÇA NO PALÁCIO REAL, EM GALATÉIA.
O QUÊ?! VOCÊ A DEIXOU EM AGAMERON?
POR QUE LEVOU A SAVANNA PRA CAPITAL DO REINO LESTE, ELFO? POR ACASO FOI CONTRATADO PRA SERVIR A CAMA DO ANDRAS?
FUI CONTRATADO PARA CUIDAR DA IRMÃ CAÇULA DO JOVEM REI.

A SAVANNA?! ELA É--
FILHA BASTARDA DO OUTRORA REI LANDER.
O PACTO SAGRADO, O IDIOTA DO LANDER ROMPEU O PACTO DO FILHO ÚNICO!
E PAGOU O PREÇO POR ISSO, ENQUANTO A JOVEM SAVANNA CARREGA A MARCA DO ERRO DO PAI.
MAS SE SAVANNA É IRMÃ DO ANDRAS E SE O QUE DIZEM SOBRE A PERSONALIDADE DELE FOR VERDADE, ELA CORRE PERIGO!
DEVERAS.
E VOCÊ ENTREGOU A MENINA NUMA BANDEJA DE PRATA PRO REIZINHO.
...

E AINDA DIZ QUE SUA MISSÃO ERA CUIDAR DELA.
MINHA MISSÃO ERA CUIDAR PARA QUE ELA FOSSE...
...AO ENCONTRO DE SEU FALECIDO PAI, MINHA QUERIDA.
VOCÊ DEVIA MATAR A SAVANNA? É ISSO, DOMI?
ESSE FOI O TRABALHO PARA O QUAL ANDRAS ME CONTRATOU.
E ISSO FOI ANTES OU DEPOIS DA MORTE DO REI LANDER?
CERTAMENTE LANDER AINDA RESPIRAVA QUANDO PARTI EM BUSCA DE SUA FILHA.

DIZEM QUE LANDER MORREU DE UM MAL SÚBITO. ISSO NÃO É DE TODO VERDADE, É?
SER SUBITAMENTE ESTRIPADO É DEVERAS UM MAL, MINHA CARA.
SABIA QUE A MORTE DO VELHO REI ERA PROVIDENCIAL DEMAIS PARA O PRÍNCIPE. FOI O ANDRAS QUEM ORDENOU ISSO TAMBÉM?
NÃO, ESSA ORDEM PARTIU DA DEDICADA MÃE E SENHORA DE AGAMERON, A RAINHA EMÉLIA.
FOI VOCÊ QUEM MATOU O REI, ELFO? E DEPOIS DEVIA DAR UM FIM NA SAVANNA? EXTERMINANDO QUALQUER AMEAÇA AO TRONO DO ANDRAS?
SE FOI ASSIM, POR QUE NÃO TERMINOU O TRABALHO DURANTE O CAMINHO? POR QUE DEIXAR A POBRE GAROTA NO PALÁCIO DE AGAMERON?
ORA, MINHA ASTUCIOSA TAVERNEIRA...
...QUAL O MELHOR LUGAR PARA ESCONDER UMA ARVOREZINHA SE NÃO NO MEIO DE UMA VASTA FLORESTA?
CONTINUA

CAPÍTULO 11

O Banquete e a Cabana na Floresta

ENTÃO, VOCÊ FOI CONTRATADO PELA RAINHA EMÉLIA PARA MATAR O REI LANDER.
EXATAMENTE. POR EMÉLIA E INDIRETAMENTE POR MEMBROS DA ASSEMBLEIA DE AGAMERON, QUE CONHECIAM OS PLANOS DE SUA RAINHA.
CLARO QUE ELES CONHECIAM, POR ISSO ENGOLIRAM ESSA HISTÓRIA FIADA DE MORTE POR MAL SÚBITO.
E ISSO TUDO PORQUE SABIAM SOBRE A SAVANNA?
DEDUZO QUE SIM. AGAMERON JAMAIS ACEITARIA A AMEAÇA DE UMA MULHER SUBIR AO TRONO, ACIMA DE TUDO SENDO FILHA BASTARDA, UMA DESOBEDIÊNCIA AO PACTO DOS GUARDIÕES. TEMIAM UM CASTIGO POR PARTE DO SENHOR DAS SOMBRAS.
E QUANDO SE ENCONTROU COM LANDER E SEU CONSELHEIRO TÂNTALO, VOCÊ E O REI...
LANDER SE MOSTROU INCAPAZ DE BATER-SE COMIGO.

NÃO HOUVE SEQUER UMA DISPUTA.
SERÁ QUE ALGUÉM CHEGOU ANTES DE VOCÊ E FEZ O TRABALHO?
TALVEZ ALGUM MEMBRO DA ASSEMBLEIA TENHA CONTRATADO OUTRA PESSOA PARA DAR CABO DO REI?
É UMA DEDUÇÃO.
DEPOIS DE CONCLUÍDA A MISSÃO DADA PELA RAINHA, PARTI AO ENCONTRO DA BASTARDA SAVANNA, AINDA IGNORANTE SOBRE A SUA ORIGEM PATERNA OMITIDA A MIM POR ANDRAS.
PORÉM, LOGO PERCEBI QUE HAVIA ALGO DE ESPECIAL NA JOVEM A QUEM O PRÍNCIPE ME ORDENARA TIRAR A VIDA.
BANG
ASSIM SENDO, SEGUI COM A JORNADA A FIM DE, NO DECORRER DOS DIAS, DESCOBRIR DO QUE SE TRATAVA.
NÃO TARDOU PARA ME DAR CONTA DE QUE EM SUAS VEIAS CORRIA TANTO O SANGUE NOBRE QUANTO O ESTIGMA POR SER FRUTO DO PACTO ROMPIDO.

AINDA PONDERAVA SOBRE O QUE FAZER COM TAL DESCOBERTA E COM A VALIOSA PRINCESA QUANDO...
...FOMOS SURPREENDIDOS.
OBVIAMENTE ANDRAS NÃO DESEJAVA TESTEMUNHAS E ENVOLVIDOS NA MORTE DE LANDER...
...CIRCULANDO TRANQUILAMENTE PELO CONTINENTE.
EU PODERIA TER DADO CABO DA JOVEM NAQUELE MOMENTO TAMBÉM E ME LIVRADO DE QUAISQUER RELAÇÕES COM AGAMERON, SUA ASSEMBLEIA E SEU ARBITRÁRIO NOVO REI.

MAS SABE COMO FICO DECEPCIONADO...
QUANDO SOU TRAÍDO.
E QUANDO TENTAM ME TIRAR ALGO VALIOSO.
DESDE DE QUE O PRÍNCIPE ME OFERECEU TÃO ALTA RECOMPENSA PELA MORTE DE SAVANNA, DESCONFIEI DA GRANDE VALIA DA JOVEM.

O ANDRAS NÃO DEIXARIA PONTA SOLTA, POR ISSO MANDOU GENTE ATRÁS DE VOCÊ.
EXATO. E PARA POUPAR A PRINCESA BASTARDA DE NOVAS TENTATIVAS HOMICIDAS, A ESCONDI ONDE SERIA EXPOSTA O BASTANTE PARA QUE QUALQUER UM DESCONFIASSE DE MAIS UMA MORTE SÚBITA.
AH, SIM, PORQUE O REI LANDER NÃO PERAMBULAVA PELO PALÁCIO O TEMPO TODO, NÉ? E ISSO NÃO IMPEDIU QUE ELE FOSSE MORTO.
DE CERTO. PORÉM, DUVIDO QUE SEJA DO INTERESSE DA RAINHA QUE A INOCENTE SAVANNA TENHA O MESMO FIM QUE SEU INFIEL ESPOSO.
COMO VOCÊ PODE CONFIAR NUMA MULHER QUE MANDOU DAR FIM NO PRÓPRIO MARIDO?
QUANDO ESSA MESMA MULHER FAZ O QUE É NECESSÁRIO PARA POUPAR A VIDA DO FILHO, SEI QUE POSSO ACREDITAR EM SEU MÍTICO...
...INSTINTO MATERNO.

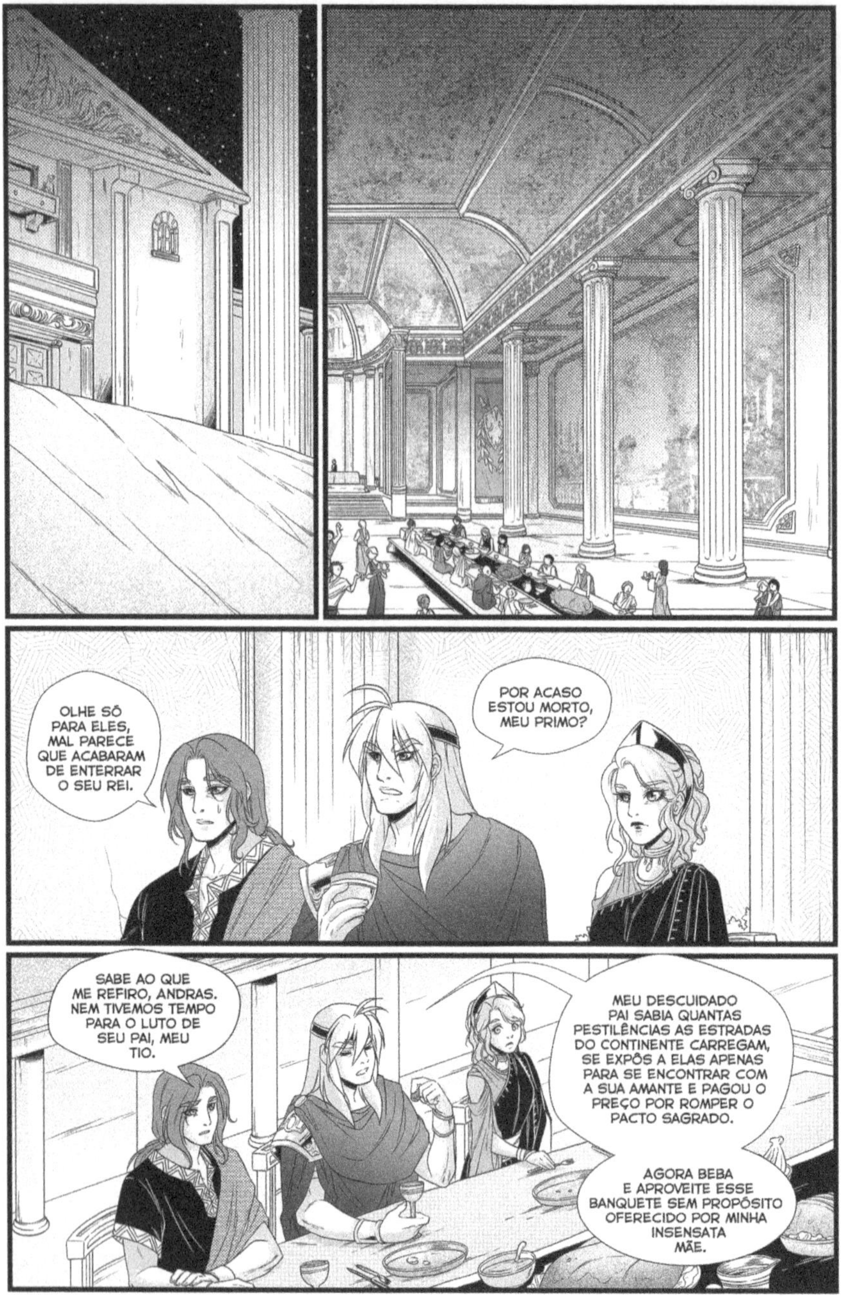
OLHE SÓ PARA ELES, MAL PARECE QUE ACABARAM DE ENTERRAR O SEU REI.
POR ACASO ESTOU MORTO, MEU PRIMO?
SABE AO QUE ME REFIRO, ANDRAS. NEM TIVEMOS TEMPO PARA O LUTO DE SEU PAI, MEU TIO.
MEU DESCUIDADO PAI SABIA QUANTAS PESTILÊNCIAS AS ESTRADAS DO CONTINENTE CARREGAM, SE EXPÔS A ELAS APENAS PARA SE ENCONTRAR COM A SUA AMANTE E PAGOU O PREÇO POR ROMPER O PACTO SAGRADO.
AGORA BEBA E APROVEITE ESSE BANQUETE SEM PROPÓSITO OFERECIDO POR MINHA INSENSATA MÃE.

MAS HÁ UM NOBRE PROPÓSITO. MERECEMOS UM POUCO DE ALEGRIA APÓS A TRISTE MORTE DE NOSSO REI...
...E NÃO EXISTE MODO MELHOR DE NOS ALEGRAR DO QUE APRESENTAR PARA A CORTE UM QUERIDO MEMBRO DA FAMÍLIA.
O QUE FOI QUE VOCÊ--

TE APRESENTO À SAVANNA YANDARA, MEU FILHO. A JOVEM FOI CONDUZIDA ATÉ NOSSO PALÁCIO PELO SENHOR WINDSLASHER. CERTAMENTE SABE QUEM ELA É E DEVE ESTAR MUITO FELIZ EM VÊ-LA...
...
...TÃO CHEIA DE VIDA.
É UMA HONRA PRA MIM FINALMENTE TE CONHECER, MAJESTADE.

MAS VOCÊ É...
...A RAINHA?!
ENTÃO VOCÊ É A MÃE DO MEU IRM--

BASTA! NÃO DIGA MAIS NADA!
PAF
APENAS ACREDITE QUE A HONRA É AINDA MAIOR PARA MIM, MINHA QUERIDA. PEDI AOS CÉUS PARA QUE CHEGASSE ATÉ AQUI... SÃ E SALVA.
!?
ORA, MAS POR QUE MORREU A MÚSICA? VAMOS, CONTINUEM COMENDO E BEBENDO ÀS CUSTAS DE NOSSOS IMPOSTOS!
ENQUANTO SE DIVERTEM EU MESMO APRESENTAREI À ESSA BELA JOVEM TODO O MEU MAGNÍFICO REINO.

NÃO IMAGINA O QUANTO ESPEREI PELO MOMENTO DE CONHECÊ-LA, MINHA IRMÃ.
MAS PARA SUA SEGURANÇA ESPERO QUE ENTENDA O PEDIDO QUE FAREI.
VOCÊ NÃO DEVE ALARDEAR A NINGUÉM QUE SOMOS IRMÃOS.
É POR CAUSA DA RAINHA, NÃO É?
DA RAINHA?
O DOMI FEZ A RYANE CONTAR A VERDADE. ELA ATACOU A GENTE NO MEIO DO CAMINHO, A MANDO DA RAINHA.
SUA MÃE TEM MEDO QUE EU TENTE TOMAR O SEU TRONO, POR ISSO NINGUÉM DEVE SABER QUE SOMOS IRMÃOS, NÉ?
A RYANE... ENTENDO.
EXATAMENTE, MINHA QUERIDA, POR ESSE MOTIVO PEÇO PARA QUE NÃO FAÇA ALARDES. É PARA SEU PRÓPRIO BEM.
MAS POR QUE A RAINHA ME TRATOU BEM QUANDO CHEGUEI?
POR QUE FOI TÃO CARINHOSA COMIGO?

FIQUE LONGE DELA, SAVANNA. A RAINHA É DESEQUILIBRADA E NÃO POSSO FAZER MUITO NEM MESMO PELO BEM DE AGAMERON, POIS NÃO SOU O TIPO DE HOMEM QUE COMETERIA TRAIÇÃO CONTRA A MINHA PRÓPRIA MÃE.
POSSO APENAS EVITAR QUE TE ATINJAM E ISSO SÓ SERÁ POSSÍVEL SE CONFIAR EM MIM E MANTER ESSE SEGREDO.
NÃO FAÇO A MENOR QUESTÃO DE ABRIR A BOCA SOBRE ISSO.
PODEMOS NOS TRATAR POR PRIMOS, ENTÃO? ESTÁ DE BOM TAMANHO, NÃO É MESMO?
AGORA ME DIGA, AGAMERON NÃO É ALGO MAGNÍFICO NA VISÃO DE QUEM NASCEU NUMA... *CABANA*?
É... MAS VI MUITO LUGAR BONITO NO CAMINHO ATÉ AQUI. A VERDADE É QUE O REINO E ESSAS COISAS DE PODER NÃO ME IMPORTAM.
NÃO TE *IMPORTAM*?
DE JEITO MANEIRA.
DE ONDE VIM SÓ PRECISAMOS DE UM PALMO DE TERRA PRA PLANTAR E UM COLCHÃO MACIO PRA DESCANSAR A CARCAÇA. ENTÃO AVISA PRA SUA MÃE QUE NÃO SOU AMEAÇA PRA VOCÊ.

FOLGO EM SABER DE SUA FALTA DE AMBIÇÃO, QUERIDA IRMÃ.
ELA TAMBÉM DEVIA SABER QUE NÃO PRETENDO NEM PASSAR MUITO TEMPO AQUI NÃO.
AH, NÃO? E ONDE PRETENDE IR? NÃO É SEGURO PARA UMA JOVEM PERAMBULAR SOZINHA POR ESSE NOSSO VASTO CONTINENTE.
EU SEI QUE NÃO, MAS POR FALAR EM SEGURANÇA...
...NOSSO PAI ERA UM REI IMPORTANTE CHEIO DE PROTEÇÃO E MORREU MESMO ASSIM, NÃO É?
É, VOCÊ TEM TODA RAZÃO.
GOSTARIA MUITO DE CONTINUAR ESSE ASSUNTO SOBRE A ILUSÃO DA SEGURANÇA E SOBRE O NOSSO ESTIMADO PAI, MAS PRECISO RETORNAR AO SALÃO. ESPERO QUE NÃO SE IMPORTE.
CLARO QUE NÃO ME IMPORTO, UM REI TEM QUE FAZER SALA PRAS PESSOAS IMPORTANTES.

DAMIEN VÁ FAZER COMPANHIA A SAVANNA. A GAROTA CRESCEU NO MEIO DO MATO, CERTAMENTE NÃO SE SENTE A VONTADE COM AS ETIQUETAS PALACIANAS.
COMO QUISER, MEU PRIMO, SERÁ UMA HONRA.
FOI BASTANTE ARDILOSA AO EXIBIR A GAROTA A TODOS PARA QUE QUALQUER UM NOTASSE A FALTA DELA, MINHA MÃE.
NÃO SEI AO QUE ESTÁ SE REFERINDO, MEU FILHO, APENAS PRESTEI A NOSSA PRINCESA SUA DEVIDA HONRA.
AGAMERON NÃO TEM PRINCESAS, MULHER!
E NINGUÉM ESPALHARÁ ESSAS HISTÓRIAS POR AÍ. SAVANNA É SOMENTE UMA DAS INÚMERAS SOBRINHAS DE NOSSA RAINHA, QUE EM SUA VIUVEZ COMEÇOU A PROFERIR ABSURDOS, PRECISANDO ASSIM DE COMPANHIA CONSTANTE PARA QUE NÃO ATENTE CONTRA OS INTERESSES DO REINO LESTE!

E TALVEZ, MINHA MÃE, NA ÂNSIA DE ME ATRAPALHAR TENHA ME AJUDADO, POIS ACOMPANHAREI CADA PASSO DE MINHA IRMÃZINHA AGORA QUE ELA ESTÁ SOB O NOSSO TETO.
SAVANNA NADA MAIS SERÁ QUE UMA INSIGNIFICANTE DAMA DE COMPANHIA A QUAL NÃO PODERÁ VIGIAR TODO O TEMPO.
QUEM SABE AQUELE BICHO DO MATO ATÉ SE TORNE BASTANTE ÚTIL NO FIM DAS CONTAS?
E PELO POUCO QUE PUDE PERCEBER...
...ELA CARREGA NAS VEIAS O MESMO FOGO...
...QUE O IRMÃO MAIS VELHO.
E, APESAR DE UMA INFELIZ BASTARDA, POSSUI OS BELOS TRAÇOS DA REALEZA.

NEM PENSE EM FAZER ALGO CONTRA ESSA GAROTA, ANDRAS.
OU O QUÊ? ACASO VAI ESPALHAR PELOS QUATRO CANTOS DO CONTINENTE QUE ATENTEI CONTRA AQUILO QUE DESONRA NOSSO SAGRADO *PACTO DE SANGUE*?
TAMBÉM SEI DE SEU SEGREDO, MINHA MÃE.
MEU SEGREDO É COMPARTILHADO PELO LÍDER DA ASSEMBLEIA QUE APOIOU A NOSSA DECISÃO, APENAS PARA O SEU BEM E O BEM DE AGAMERON, ANDRAS.
É MESMO? E O QUE O NOSSO POVO, E OS DEMAIS REINOS, VÃO PENSAR QUANDO DESCOBRIREM QUE SUA CORRUPTA ASSEMBLEIA E SUA HOMICIDA RAINHA ORDENARAM A MORTE DO REI LANDER?
MAS NÃO SE PREOCUPE, SAVANNA AINDA NÃO REPRESENTA AMEAÇA ALGUMA.
E ASSIM CONTINUARÁ DESDE QUE A RAINHA A ENSINE COMO CONTROLAR A PRÓPRIA LÍNGUA.
...

ENTÃO,
A RAINHA ESTÁ
DANDO UM BANQUETE?
MAL ESPERARAM A
CARCAÇA DE LANDER
ESFRIAR?
NÃO DUVIDO
QUE OS ABUTRES
ESTEJAM COMENDO
ATÉ A CARNE DO
DESGRAÇADO.
....
NAUM,
ESSA CARNI
É DI JAVALI
MERMU.
CHOMP!
MEU AMIGO
PERILO, NÃO ENTENDO
COMO VOCÊ E SEU BANDO
SE CONFORMAM COM ESSA
SITUAÇÃO, SOBREVIVENDO
DE RESTOS DAS MESAS
DE AGAMERON.
TU FALA
PORQUE TINHA VIDA
BOA, ABADON. REI
NINHUM NUNCA OLHÔ
PRU MEU POVU CUM
BAUNS OLHUS.
ROC
ROC
ROC
ATÉ
AGORA.

ACREDITA MESMO QUE ESSE REGENTE MALUCO DARÁ ALGUM PRIVILÉGIO PARA VOCÊ E OS SEUS?
U REIZINHU, A RAINHA I A ASSEMBREIA CHEGARAUM CARREGANDU UMA TEMPESTADI DI FERRU I SANGUI, MEU AMIGU FALADÔ.
I U REIZINHU PODI ATÉ SÊ MALUCU, MAIS NAUM É BURRU, NAUM SINHÔ. ELI VAI PRECISÁ DI NOIS PRA FAZÊ US TRABAIU SUJU.
ELI JÁ SABIA, PUR ISSU DEIXÔ NÓIS AQUI, ATÉ CHEGÁ A HORA.
I A HORA CHEGÔ.

FINALMENTE!
APÓS DIAS DE VIAGEM DESDE O DUCADO DE IVYS...
...CHEGAMOS A MARGEM DA LENDÁRIA...
...FLORESTA MORADA DA ESCURIDÃO.
ESSA MERDA É ASSOMBRADA.

NÃO ME INTERESSA SE O PRÓPRIO REI DE AGAMERON MANDOU VOCÊ E AS OUTRAS RATAZANAS..
...PRA NOS AJUDAR NESSA MISSÃO, *RATO*--
É *FUCINHU FRÕXU* PRU SINHÔ.
...TAMPOUCO ME IMPORTA O SEU NOME. O QUE ME INTERESSA É QUE FALE SOMENTE SE EU ORDENAR QUE FAÇA ISSO.
TSC. MEU NOMI NAUM É FUCINHU FRÕXU PURQUÊ EU FALU POUCU, COMANDANTI.
I TODU MUNDU CUM MIOLU NA CACHOLA I OUVIDU BÃO SABI QUI US AMARELU AMALDIÇUARU ESSIS MATU TUDU DESDI QUI UM REI ANTIGU...
...MATÔ UM MONTI DI ELFU ORELHUDU QUI VIVIA AÍ DENTRU.
POIS É JUSTAMENTE ESSES AMARELOS DESGRAÇADOS QUE VIEMOS PROCURAR, ENTÃO, CALA A BOCA E ANDA.
NÓIS VAI, MAIS VAI DÁ MERDA.

BLAM!
DECLARO ESSA CABANA COMO NOSSO LOCAL DE PERNOITE SOB ORDENS DO DUCADO DE IVYS E DO REINO DE AGAMERON.

SENHOR, A VELHA É UMA DAQUELAS BRUXAS ANDARILHAS, NÃO PODEMOS CONFIAR NESSE POVO.
MAS É JUSTAMENTE O QUE PRECISAMOS, SOLDADO.
ESSAS BRUXAS CONHECEM ALGUNS MISTÉRIOS DO CONTINENTE.
DIGA UMA COISA, VELHA...
...CONHECE BEM ESSA FLORESTA?
O BASTANTE PRA SABER QUE NÃO DEVEMOS ENTRAR NELA, SENHOR.
PRECISAMOS DE ALGUÉM PARA NOS GUIAR.
PERGUNTEI SE CONHECE BEM ESSE MATAGAL, NÃO SE QUER ENTRAR NELE. ATÉ PORQUE VOCÊ NÃO TEM QUERER, VELHA.

AGAMERON ORDENOU QUE ENCONTRÁSSEMOS ALGUM ELFO AMARELO ALI DENTRO.
O QUE BUSCAM MUITOS JÁ PROCURARAM E NUNCA MAIS FORAM VISTOS. SE PERDERAM PELAS TRILHAS TRAIÇOEIRAS DA FLORESTA.
ENTÃO VOCÊ NOS GUIA E EVITA QUE ACONTEÇA O MESMO CONOSCO, E EVITA TAMBÉM QUE ESSA CRIANÇA SOFRA ALGUM DANO.
!
DISCULPA, COMANDANTI...
TCHUNK
...MAIS NINGUÉIM VAI MACHUCÁ FIOTI NINHUM DIBAXU DU MEU FUCINHU ENFERRUJADU.

SEJA RAZOÁVEL, RATO!
EU NEIM SEI U QUI QUÊ DIZÊ RAZUÁVEL, COMANDANTI.
SEM A VELHA NÃO ENCONTRAREMOS UM AMARELO, NEM MESMO A SAÍDA DA FLORESTA!
I TU VEIU PRA CÁ SEIM SABÊ NEIM ISSU? OU ADIVINHÔ QUI NOIS IA ACHÁ AJUDA NESSI LUGÁ?
VOCÊS NÃO DEVEM USAR ARMAS AQUI! PRECISAM IR EMBORA AGORA!
CALA A BOCA E ME ESCUTA, BRUXA, SE VOCÊ VIER COM A GENTE FICA TUDO BEM. CERTO, RATO?
GRAB
E AGORA? ENTRAMOS EM UM ACORDO?

CREEAAK...
ELE ACORDOU! O QUE FOI QUE VOCÊS FIZERAM?
OOOOOOOOOO
CONTINUA...

CAPÍTULO 12

A Maldição e a Justiça de Dagda

BLAM
NÃO É UMA DAQUELAS RATAZANAS DO ESGOTO DE AGAMERON?
QUER DIZER QUE AINDA EXISTEM? ACHEI QUE TINHAM DESAPARECIDO FAZ TEMPO!

TEM COISA MUITO PIOR POR ESSAS BANDAS E NÃO VEJO NINGUÉM RECLAMAR.
SE ESTÃO INCOMODADOS PROCUREM OUTRA TAVERNA PRA ENCHEREM A CARA, PORQUE AQUI NA DOMADORA CLIENTE NENHUM VAI SER OFENDIDO.
DEIXA ESSA POR CONTA DA CASA, OSSO DURO.
NOSSO AMIGO PARECE TER VINDO DE MUITO LONGE PRA PROVAR DO NOSSO VENENO. COMO ANDAM AS COISAS NO REINO LESTE, COLEGA?
SEI NAUM, SINHORA. EU NAUM VIM DI LÁ, VIM DAS BANDA...
...DA FLORESTA MORADA DA ISCURIDAUM.

MEIO LONGE, NÉ? FOI FAZER O QUÊ NAQUELE MATAGAL ASSOMBRADO?
FOMU CACÁ UNS AMARELU.
MAS QUE LOUCURA!
TODO MUNDO SABE QUE FAZ MUITO TEMPO QUE OS AMARELOS DESAPARECERAM. NINGUÉM CONSEGUE ENCONTRAR NENHUM HÁ DÉCADAS!
FOI U QUI FALEI, MAIS NINGUÉIM ISCUTO A RATAZANA AQUI. U REIZINHO QUÊ UM AMARELU, A GENTI CAÇA UM AMARELU.
BÃO, U REI I U DUQUI DI IVYS PERDERU FOI TEMPU I UNS PAR DI SOLDADU.
PELO JEITO A BUSCA NÃO DEU MUITO CERTO, NÉ? NÃO ACHARAM NADA?
NAUM, DONA, NOIS ACHO UMAS COISA SIM. ACHAMU UMA CASA VÉIA, UNS FIOTI HUMANU, UMA BRUXA...
...I A JUSTIÇA DU DAGDA.

UARGH!
QUE TIPO DE DEMÔNIO É VOCÊ?!
ZUIP

ZOIIIP

UAHHHH

EU ISCAPEI SÓ PURQUE UM PEDAÇU DU TETU CAIU IM CIMA DI MIM I MI ISCONDEU. QUANDU ABRI US ZOIU TUDU TAVA NU CHAUM, TODU MUNDU MORTU.
TU DEU SORTE, RATO, AQUELA MATA É MALDITA, POUCA GENTE CONSEGUE VOLTAR DE LÁ PRA CONTAR HISTÓRIA.
SORTI OU NAUM ESSA VIAGI SÓ PROVO UMA COISA.

POR CAUSA DA MALDIÇAUM DUS AMARELU QUEIM PISA NAQUELA FLORESTA SÓ VAI INCONTRA...
...DISGRAÇA.

SABEMOS QUE A JOVEM NÃO POSSUI QUALQUER RELAÇÃO COM EMÉLIA E SIM COM NOSSO INCAUTO REI LANDER.
MAS É MELHOR E MAIS SEGURO PARA AGAMERON QUE TODOS ACREDITEM NESSA HISTÓRIA CRIADA POR NOSSA SÁBIA RAINHA.
CERTAMENTE, O POVO NÃO PRECISA SE SENTIR AMEAÇADO POR TÃO POUCA COISA QUANTO A PRESENÇA DESSA MENINA.
DE TODO MODO, AGORA OS ÚNICOS QUE CONHECEM O PASSADO DE SAVANNA SOU EU, VOCÊ, TÂNTALO E MINHA MÃE.
MAS VOSSA MAJESTADE GARANTE QUE A JOVEM NÃO REPRESENTA NENHUM PERIGO?
NÃO PERCA O SEU SONO, A GAROTA É SÓ UMA ESFOMEADA INCULTA SEM QUALQUER AMBIÇÃO.
COMO LÍDER DA ASSEMBLEIA, TENHO CERTEZA QUE CUIDA DOS INTERESSES DE AGAMERON COM A MESMA DEDICAÇÃO QUE EU, BALIOS.
E SEI QUE PAGARIA COM A VIDA OU A MORTE PARA QUE NOSSO REINO LESTE NÃO CAIA EM DESGRAÇA, NÃO É MESMO?
COM A VIDA OU COM A MORTE DE QUALQUER UM, SENHOR MEU REI.

O QUE ACHA DO VELHO LÍDER DE NOSSA ASSEMBLEIA, DIONÍSIO?
BALIOS?
NÃO CONFIO EM UM HOMEM COM TANTO DINHEIRO E INFLUÊNCIA, MAJESTADE.
AO MEU VER, O LÍDER DA ASSEMBLEIA, ASSIM COMO DE TODO REINO LESTE, É O SENHOR, MEU REI.
E, ACIMA DE TUDO, CREIO QUE NÃO DEVO CONFIAR EM UM HOMEM QUE AMEAÇOU A MINHA VIDA.
VOCÊ O OUVIU, NÃO É MESMO?
SIM SENHOR, OUVIMOS CLARAMENTE QUANDO BALIOS CONFESSOU QUE *MATARIA QUALQUER UM PELO BEM DE AGAMERON*.
QUE TIPO DE REI SERIA EU SE NÃO LHE ORDENASSE QUE FAÇA COM QUE O CONSPIRADOR PAGUE POR AMEAÇAR A VIDA DE SEU REGENTE, DIONÍSIO?
NOMEADO PELO SENHOR COMO CAPITÃO DA GUARDA QUE JUROU PROTEGÊ-LO, GARANTIREI PESSOALMENTE QUE ELE PAGUE, VOSSA MAJESTADE.

NÃO SEI PRA QUE TANTA FRESCURA COM ISSO! VOCÊ NEM SABE PRA QUE SERVE.
POR QUE NÃO VENDE LOGO?
COMO É QUE VOU VENDER SE NÃO SEI COMO FUNCIONA, MULHER? COMO É QUE VOU BOTAR PREÇO NESSE TROÇO?
NÃO TINHA NEM PENSADO NISSO QUANDO TENTEI ROUBAR.
SE FOR DE SEU AGRADO, POSSO ENCONTRAR ALGUNS COMPRADORES INTERESSADOS EM TAL EXÓTICA PISTOLA, MEU CARO. POR UMA MODÉSTIA COMISSÃO POR MEUS PRÉSTIMOS. É CLARO.
MAS QUE PRAGA! TU NÃO SABE BATER NA PORTA NÃO, DIABO?!
MEU MISERÁVEL AMIGO, SE ACASO BATESSE EM SUA PORTA, AINDA QUE DE LEVE, A MADEIRA APODRECIDA SE PARTIRIA AO MEIO.
MUITO ME ADMIRA QUE UM LADINO NÃO SAIBA NADA SOBRE PROTEGER O QUE LHE É DE VALIA, NÃO É MESMO, GRACIOSA PAULINA?
SAI DA MINHA MULHER! E DESEMBUCHA LOGO O QUE TU SABE DESSE TRECO AQUI, ESSA... ESSA PITOMBA.
PISTOLA.

VI ALGUMAS POR UM DOS LUGARES ONDE ESTIVE, ANTES DE DECIDIR VOLTAR PARA PSYKHÉ.
MAS EM TAL LUGAR AS PISTOLAS SÓ FUNCIONAVAM COM UMA ESPÉCIE DE MUNIÇÃO EM PÓ CHAMADA PÓLVORA. É UM ELEMENTO INSTÁVEL E PERIGOSO.
MAS A SAVANNA TINHA ISSO? ELA NÃO DEIXOU NENHUM POZINHO COMIGO NÃO.
NOSSA GRACIOSA PISTOLEIRA NÃO SE UTILIZAVA DE PÓLVORA PARA FAZER UM BOM ESTRAGO COM ESSA ARMA, MEU CARO.
MAS ENTÃO COMO ELA FAZIA ESSA PORCARIA FUNCIONAR?
A JOVEM O FAZIA DE UM MODO TÃO ESPECIAL QUANTO ELA MESMA.
AH, CACETA! COMO É QUE VOU VENDER UMA ARMA QUE NÃO FUNCIONA?
ALEGRIA DE POBRE DURA UMA MISÉRIA MESMO!

MILADY SAVANNA, O MEU PRIMO ORDENOU QUE EU --
ONDE ELA ESTÁ?
A MILADY SE LEVANTOU CEDO, ME PERGUNTOU SOBRE OS ESTÁBULOS E SAIU DEPRESSA ASSIM QUE RESPONDI, MILORDE DAMIEN.
AH, OBRIGADO! TENHA UM BOM DIA!

AQUI NÃO É LUGAR DE MULHER! O QUE A PRIMA DO NOSSO REI ESTÁ FAZENDO NO MEIO DE UM MONTE DE MERDA DE CAVALO?
NÃO É COMO SE ELA ME OBEDECESSE, CASSIUS!
RELAXA, HOMEM! FUI CRIADA MONTADA NUM DESSES, NÃO VOU ME MACHUCAR COISA NENHUMA.
SE A MILADYZINHA AÍ LEVAR UM COICE, A CULPA É SUA, SEU ASNO!
POSSO MONTAR NELE? NÃO VOU MUITO LONGE.
MAS ERA SÓ O QUE ME FALTAVA!
TUDO BEM, CASSIUS. EU CUIDO DELA.

NÃO SABIA QUE GOSTAVA DE CAVALGAR.
DEVE SER PORQUE VOCÊ NÃO SABE NADA SOBRE MIM, MOÇO.
BOM... ENTÃO POR QUE NÃO APROVEITAMOS PARA CAVALGAR E CONVERSAR UM POUCO?
ASSIM A MILADY ME CONTA MAIS AO SEU RESPEITO.
JÁ QUE TE COLOCARAM COMO A MINHA BABÁ, É O MÍNIMO QUE POSSO FAZER, NÉ?
UHUM, O REI MANDOU VOCÊ FICAR DE OLHO EM MIM. NÃO PRECISA FINGIR QUE NÃO.
NÃO SOU SUA BABÁ, EU SÓ--
MAS NÃO LIGO ATÉ PORQUE SOU BEM CAPAZ DE ME PERDER POR AÍ MESMO.

QUIÉ? NÃO POSSO CAVALGAR COM ESSE VESTIDO ENORME ATRAPALHANDO.
É, NÃO, CLARO QUE NÃO!
ÓTIMO, ENTÃO VAMOS LOGO PORQUE TO CANSADA DE FICAR TRANCADA DENTRO DESSE PALÁCIO CHEIO DE FRESCURA.
COMO A MILADY QUISER!

...
ACHEI QUE FICARIA FELIZ EM CAVALGAR NOVAMENTE.
NÃO ME ENTENDA MAL...
...E AGRADEÇO POR TER CONVENCIDO O TRATADOR, MAS...
...NÃO ME SINTO BEM AQUI E SINTO FALTA DO MEU CAVALO E DA MINHA AMIGA, NANA.
NÃO CONSEGUI NEM ENTERRÁ-LA.
DEVE SER DIFÍCIL NÃO TER AO MENOS UM LUGAR PARA CHORAR A MORTE DE SUA AMIGA. TALVEZ O ANDRAS POSSA ORDENAR QUE ELA RECEBA UM ENTERRO DIGNO.
GOSTARIA QUE A NANA RECEBESSE AS DEVIDAS HOMENAGENS?
NÃO SEI SE A SUA RAINHA GOSTARIA.

E POR QUE A NOSSA RAINHA SE INCOMODARIA?
ELA CERTAMENTE DESEJARIA QUE A MULHER QUE AJUDOU A CUIDAR DA FILHA DE LANDER TIVESSE UM TÚMULO DIGNO.
EU NÃO CONFIO EM ESTRANHOS QUE ESCONDEM SER QUEM SÃO.
POR QUE DIZ ISSO? MINHA TIA FEZ OU FALOU ALGO QUE--
TU NÃO SABE DE NADA MESMO, NÃO É? OU MENTE TÃO BEM QUANTO UM BANDO DE GENTE DESSE LUGAR.
MILADY SAVANNA, NÓS SÓ QUEREMOS O SEU BEM.
POIS EU SÓ QUERIA QUE A NANA TIVESSE VIVA. ELA ERA O QUE EU TINHA DE FAMÍLIA.
SEI QUE DEVE SER DIFÍCIL, SEI O QUE É SENTIR FALTA DA MÃE, EU TAMBÉM PERDI A MINHA, E PERDI O MEU PAI HÁ MUITOS ANOS. E TAMBÉM SEI QUE UM DIA PODE ME VER COMO UM AMIGO.
ENTENDO A SUA TRISTEZA, SAVANNA, MAS SOMOS SUA FAMÍLIA AGORA. E VAMOS CUIDAR DE VOCÊ.

SENHORA, NÃO ENCONTREI A JOVEM SAVANNA E NEM O LORDE DAMIEN EM PARTE ALGUMA, ACASO ACREDITA QUE--
ESTÃO CAVALGANDO JUNTOS. VEJA.
ESSA GAROTA NÃO COSTUMA FICAR PARADA, MINHA SENHORA. AS AMAS DIZEM SER QUASE IMPOSSÍVEL FAZÊ-LA SOSSEGAR DENTRO DO PALÁCIO.
NÃO ME PARECE MESMO UMA JOVEM DADA AOS COSTUMES DA CORTE. SABE BEM A VERDADE SOBRE A ORIGEM DELA, NÃO É, GENERAL TÂNTALO? LANDER COSTUMAVA TROCAR CONFIDÊNCIAS CONTIGO.
SIM, MAJESTADE. SERVIA COMO LÍDER DA GUARDA REAL DE LANDER, ERA SEU GENERAL E AMIGO, CUIDAVA DA SEGURANÇA DE NOSSO FALECIDO REI EM TODAS AS VIAGENS. E DEVIA FAZER O MESMO PELO NOSSO JOVEM REI ANDRAS.
MAS PERDEU TAL POSTO DE CONFIANÇA PARA O JOVEM DIONÍSIO. ANDRAS NÃO CONFIA EM VOCÊ TANTO QUANTO O PAI CONFIAVA.

NOSSO REI ANDRAS TEVE BONS MOTIVOS, MINHA SENHORA. EM UMA PROVÁVEL GUERRA CONTRA KINGO, SEREI MAIS ÚTIL EM CAMPO, COM NOSSOS SOLDADOS.
TALVEZ FIQUE MAIS SEGURO LONGE DAQUI, TÂNTALO. AGORA EU E VOCÊ SOMOS OS ÚNICOS QUE SABEMOS A RESPEITO DO NASCIMENTO DE SAVANNA E ISSO SEMPRE NOS COLOCARÁ COMO UMA AMEAÇA AOS OLHOS DE MEU FILHO.
RYANE CERTAMENTE PERDEU A VIDA AO ENFRENTAR O ELFO, POR ISSO SAVANNA CHEGOU SÃ E SALVA AO PALÁCIO, MAS BALIOS AINDA--
A ESSA ALTURA A VIDA DE BALIOS ESTÁ CONDENADA. O LÍDER DA ASSEMBLEIA NÃO PASSA DE UM CADÁVER AMBULANTE.
E TEMO SOFRER O MESMO DESTINO MUITO EM BREVE.
MAS A SENHORA É A MÃE DE ANDRAS!
E LANDER ERA O REI DO REINO LESTE E PAI DE ANDRAS, MESMO ASSIM NÓS FIZEMOS O QUE FOI NECESSÁRIO, NÃO É MESMO?
MAS A JOVEM NÃO DEVE PAGAR POR SER FILHA DE QUEM É, TÂNTALO. ELA NÃO PRECISA SER ENVOLVIDA NESSES JOGOS DE PODERES, NÃO PRECISA SER UMA VÍTIMA INOCENTE DOS PLANOS DE MEU FILHO.

FELIZMENTE ELA NASCEU LIVRE, VAMOS DEIXAR QUE VIVA EM LIBERDADE.
E QUE APROVEITE SUA JUVENTUDE ANTES QUE DIAS AINDA MAIS SOMBRIOS CAIAM SOBRE NÓS.

SE TIVESSE ESSA TAL DE PÓLVORA IA SER UMA BOA HORA PRA VENDER ESSA ARMA. TÁ TODO MUNDO MEIO DESESPERADO COM ESSES BOATOS DE UMA GUERRA...
...ENTRE AGAMERON E KINGO.
TÃO FALANDO NA DOMADORA QUE O TAL REIZINHO ZURETA, O ANDRAS, MANDOU UNS SOLDADOS ATRÁS DE ALGUNS AMARELOS NA FLORESTA MORADA DA ESCURIDÃO. ACHAM QUE ESTÁ ATRÁS DE ARMAS ÉLFICAS.
MAS PARECE QUE DEU MERDA E OS SOLDADOS FORAM PRO BURACO!
OS SEUS PARENTES, OS ELFOS AMARELOS, NÃO VIVEM MAIS LÁ, NÉ? TOMARAM CHÁ DE SUMIÇO DEPOIS QUE DESGRAÇARAM A FLORESTA INTEIRA, NÃO FOI TIPO ISSO?
NÃO PODIA ESTAR MAIS EQUIVOCADO, MEU IGNORANTE AMIGO.
OS LUZES DOURADAS AINDA HABITAM AS ENTRANHAS DAQUELAS MATAS.
AO LADO DE INÚMERAS CRIATURAS IGUALMENTE MALDITAS.

MAS DUVIDO QUE ALGUM LUZ DOURADA SE DIGNARIA...
...A DEIXAR SUA MORADA OCULTA PARA DAR CABO DE ALGUNS IMPRESTÁVEIS SOLDADOS HUMANOS.
SEJA O QUE FOR QUE ANDRAS PROCURA, NÃO VAI ENCONTRAR COM UM ELFO DOURADO.
TAL TRIBO É DEDICADA A BELENUS, O GUARDIÃO DA LUZ.
E PROCURAVA SOMENTE SABEDORIA, BUSCAVA ILUMINAÇÃO ATRAVÉS DO CONHECIMENTO.

SEMPRE FORAM MUITO DIFERENTE DA TRIBO EM QUE NASCI.
OS OLHOS SELVAGENS, MINHA TRIBO, ERA DEDICADA A DAGDA.
ESCOLHIDA COMO BERÇO DOS MAIORES GUERREIROS DO CONTINENTE, BUSCAVA A ORDEM ABSOLUTA...
...MESMO QUE PARA ISSO CAUSASSE INCONTÁVEIS DANOS.

MORTES JUSTAS, ERA COMO CHAMAVAM.
TUDO COM A BENÇÃO DE DAGDA.
TUDO PARA MANTER O EQUILÍBRIO DE PSYKHÉ.
PARA SUSTENTAR A PAZ OS OLHOS SELVAGENS TRAZIAM A GUERRA.
COM A PERÍCIA BÉLICA DO GUARDIÃO-MÓR.

POR ESSE MOTIVO CARREGO O DOM DE SENTIR O ODOR DA CONTENDA, DESPROVIDO AMIGO.
E POSSO GARANTIR, NÃO SÃO SOMENTE BOATOS...
... UMA GRANDE BATALHA SE APROXIMA.
CONTINUA...

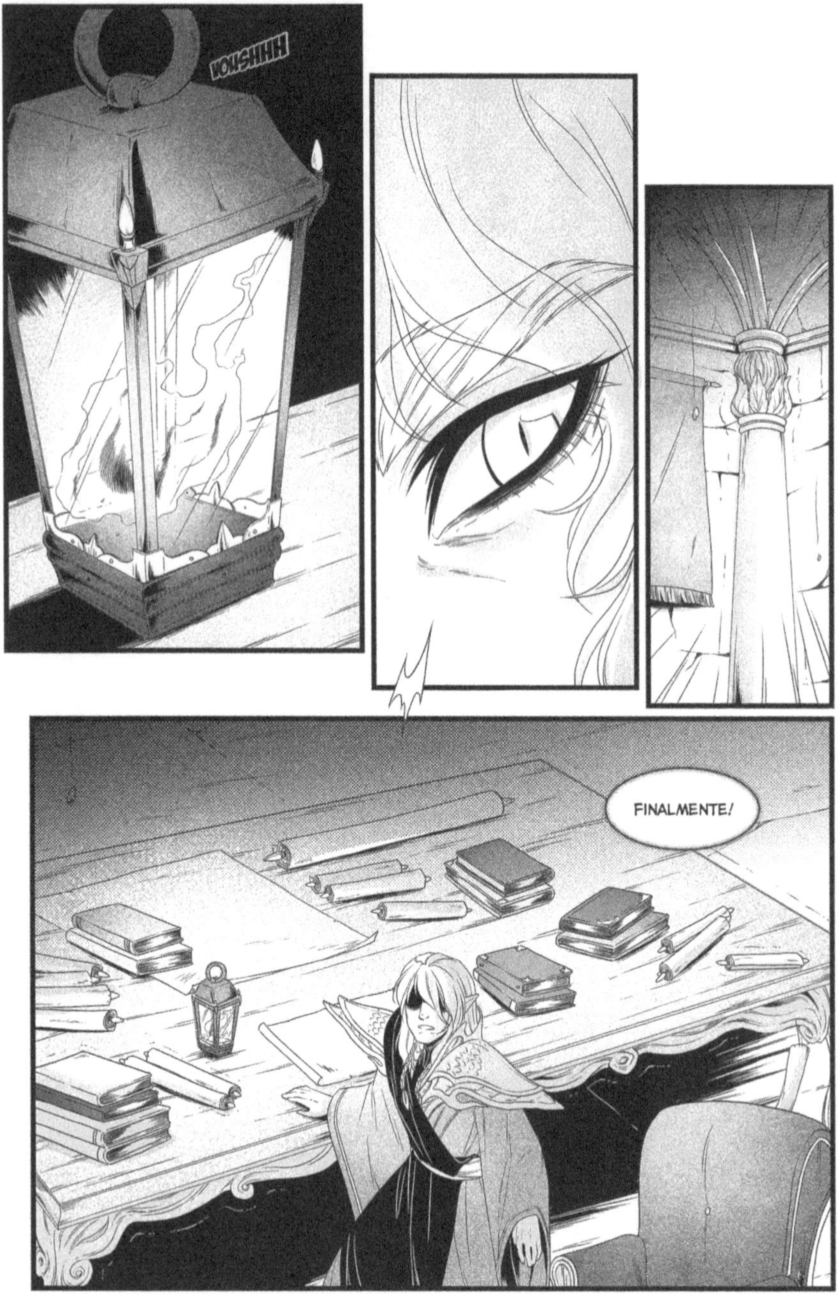
WOOSHHH
FINALMENTE!

MMMHHHHH...
ELE ACORDOU!

GLOSSÁRIO

Agameron. Um dos Quatro Reinos fundados no início das Eras, também conhecido como o Reino Leste. Após diversas batalhas entre os Guardiões Arawn e Belenus, o Guardião das Sombras tomou para si o título de Protetor do Reino Leste, sendo assim venerado pelos habitantes de Agameron.

Amarelos. Como os humanos vulgarmente se referem aos elfos da Tribo dos Luzes Douradas.

Anéis. Moeda usada em Psykhé. Como o nome diz, tem o formato de um anel achatado e podem ser de ouro, prata ou bronze.

Arawn. Filho de Dagda, irmão gêmeo de Belenus. Arawn possui pleno controle do Dom das Sombras e da Noite. Depois da suposta ausência de seu pai, Dagda, travou diversas disputas com Belenus e tomou para si os Reinos de Agameron e Osahar (Reino Leste e Reino Norte). É venerado também pelos Espíritos de Névoas ou Tribo Azul (Azuis).

Assembleia Real. Sistema através do qual os reis de Agameron e Kingo consultam a opinião do povo. A Assembleia é composta por membros de alto prestigio social como sábios, comerciantes e militares de alta patente.

Azuis. Como os humanos vulgarmente se referem aos elfos da Tribo dos Espíritos de Névoas.

Belenus. Filho de Dagda, irmão gêmeo de Arawn. Belenus possui pleno controle do Dom da Luz e do Dia. Depois da suposta ausência de seu pai, Dagda, travou diversas disputas com Arawn e tomou para si os Reinos de Kingo e Ravi (Reino Sul e Reino Oeste). É venerado também pelos Luzes Douradas, ou Tribo Amarela (Amarelos).

Cidadela Regencial. Região onde se localiza o palácio real de Kingo, morada do rei e de seus familiares, e onde se encontra a sede da Assembléia Real do Reino Sul. É também sede da Guarda Palaciana, um grupo de soldados responsáveis por cuidar da segurança do rei de Kingo.

Clã Mishra. Antigo clã de nobres do reino de Ravi. Uma das antigas rainhas do Reino Oeste pertencia a esse clã.

Dagda. Guardião Supremo, O Primeiro Guardião. Pai dos gêmeos Belenus e Arawn, herdou do Criador a função e o título de Protetor do Continente. Possui pleno controle de todos os Dons Naturais (Terra, Fogo, Àgua, Ar). Muitas lendas contam que Dagda está ausente de Psykhé, pois teria partido para a Grande Guerra, o que explicaria o desequilíbrio e os conflitos constantes em que Psykhé está mergulhado.

Deserto das Areias Rubras. Deserto que cobre parte da região norte do Continente. O seu nome se dá graças à coloração laranja intenso, quase vermelha, das areias. Rezam antigas lendas que, no início das Eras, o Deserto era uma vasta planície verde. Porém, quando Boann, a forma humana ancestral de uma das luas de Psykhé, fora acorrentada à terra e seu corpo dilacerado por uma violenta enchente que varreu toda a planície, toda a vegetação antes presente fora destruída e o sangue de Boann tingira o solo, tornando a região um vasto e árido deserto.

Floresta Morada da Escuridão. Antigamente conhecida como Floresta Morada da Luz, era em seu coração que residiam os elfos da Tribo Amarela (Luzes Douradas). Após a quase extinção dos mesmos por parte de inimigos, os Luzes Douradas amaldiçoaram as matas ao redor de sua morada, tornando-as sombrias, traiçoeiras e mortais.

A floresta então passou a ser conhecida como Morada da Escuridão, de onde nunca se ouviu falar de alguém que entrou e saiu com vida.

Galatéia. Capital de Agameron, onde se encontra o Palácio Real e onde a Assembleia se reúne na presença do rei.

Grande Lua. Eclipse onde Boann (a lua maior) cobre por completo Nechtan (a lua menor). Durante esse evento acredita-se que os portais dos submundos ficam abertos e que Arawn varre o mundo caçando com sua matilha aqueles que fugiram de seu domínio, assim como aqueles que cruzaram os portais extra planares e invadiram Psykhé com propósitos nefastos.

Guardiões. Criaturas mais poderosas das quais se tem registro em todo o Continente. Veneradas nos Quatro Reinos e por outros habitantes de Psykhé, como anões, elfos e antros.

Luzes Douradas. Também conhecida como Tribo Amarela/Tribo Dourada que entre os elfos também levam o nome de *Dourados*. São vulgarmente chamados de *Amarelos* pelos humanos. Possuem a capacidade de controlar o elemento Luz e como manipuladores desse elemento, são protegidos por Belenus. Diferente de sua tribo irmã, os Olhos Selvagens, os Dourados não buscavam a maestria bélica, buscavam sabedoria e por isso se tornaram grandes eruditos. As bibliotecas da Tribo Dourada eram conhecidas por possuírem os mais importantes e antigos tomos e pergaminhos do Continente.

Os Luzes Douradas habitavam a floresta Morada da Luz, mas após o quase genocídio de seu povo, liderado por um antigo rei humano, os Luzes Douradas amaldiçoaram as matas e, logo após isso, a floresta recebeu o nome de Morada da Escuridão. Alguns dizem que os Luzes Douradas se isolaram na parte mais funda da floresta sombria, porém, muitos preferem crer que os Dourados deixaram o Continente para viver além das barreiras físicas, no mundo feérico.

Olhos Selvagens. Também conhecida como Tribo Vermelha/Tribo de Sangue. Vulgarmente chamados de *Vermelhos* pelos humanos. Os elfos dessa Tribo possuíam a capacidade de controlar os quatro elementos naturais (água, fogo, terra e ar). Protegidos por Dagda, ganharam dele a natureza bélica e a grande perícia em batalhas. São guerreiros natos e os mais selvagens em seus costumes, levando temor até mesmo entre seus irmãos elfos de outras tribos.

Viviam na Ilha Suspensa e a eles foi incumbida a tarefa de proteger seus irmãos de espécie, o Equílibro do mundo e todo o Continente de qualquer ameaça.

Mas assim como aconteceu com os Luzes Douradas, a Tribo Vermelha sofreu um grande revés e atualmente é raro encontrar algum de seus representantes.

Kingo. Um dos Quatro Reinos fundados no início das Eras, também conhecido como o Reino Sul. Após diversas batalhas entre os Guardiões Arawn e Belenus, o Guardião da Luz tomou para si o título de Protetor do Reino Sul, sendo assim venerado pelos habitantes de Kingo.

Guardião da Luz tomou para si o título de Protetor do Reino Sul, sendo assim venerado pelos habitantes de Kingo.

Nansei. Capital de King (Reino Sul).

Ravi. Um dos Quatro Reinos fundados no início das Eras, também conhecido como o Reino Oeste. Após diversas batalhas entre os Guardiões Arawn e Belenus, o Guardião da Luz tomou para si o título de Protetor do Reino Oeste, sendo assim venerado pelos habitantes de Ravi.
Ravi foi o primeiro dos Quatro Reinos irmãos a ruir.

Os regentes de Ravi sempre carregaram uma natureza pacífica, evitando ao máximo reforçar seus exércitos ou formar aliança militar com outros povos. Graças ao seu espírito passivo, o Reino Oeste sofreu por séculos com a investida bélica de uma antiga aliança militar formada pelos reinos de Agameron e Osahar, tendo seu declínio final em anos recentes. Nos dias atuais, Ravi é um reino abandonado, com poucos habitantes ainda residindo em suas terras. A família real do Reino Oeste ganhou abrigo em Kingo, como refugiados políticos.

Reino Norte. Segunda nomenclatura dada ao Reino de Osahar.

Reino Sul. Segunda nomenclatura dada ao Reino de Kingo.

Reino Leste. Segunda nomenclatura dada ao Reino de Agameron.

Reino Oeste. Segunda nomenclatura dada ao Reino de Ravi.

Tríade Sagrada. Referência a tríade formada pelos Três Guardiões do Continente: Dagda, Belenus e Arawn.

Territórios Livres. Terras independentes dos Quatro Reinos com sistema de governo e militar próprio. Governado por um Conselho formado por cidadãos indicados pelo povo durante uma Assembléia Urbana no centro comercial dos Territórios: o Vale dos Mercadores. Mesmo que não estejam sob o domínio de reis, quando necessário podem seguir ordens de qualquer um deles, ainda que não tomem partido em suas disputas políticas.

Vale de Gia. Faixa de terra que divide Agameron de Kingo. O Vale de Gia abriga um vilarejo com centenas de famílias, além de suas terras serem produtoras natural do precioso metal usado na forja das lendárias espadas de Kingo, as lâminas mais mortais produzidas por humanos.

Durante séculos, o Vale foi disputado entre Agameron e Kingo por sua infeliz posição fronteiriça entre os dois reinos. Foi durante o reinado de Lander que o regente do Reino Leste assinou um armistício no qual cessaria por tempo indeterminado quaisquer avanços territoriais contra Gia. O motivo de Lander se deixar convencer a não mais levantar armas contra o Vale permanece um mistério.

Vale dos Mercadores. Capital comercial dos Territórios Livres e onde está estabelecida a sede de seu Conselho e da Guarda Militar.

Vermelhos. Como os humanos vulgarmente se referem aos elfos Olhos Selvagens (Tribo Vermelha).

Psykhé. Continente que possui em sua extensão terras livres habitadas por humanos, antros e demais criaturas, assim como Quatro reinos fundações. Lendas dão conta de que o Continente foi criado por um ser ancestral desconhecido, nomeado apenas pelo titulo genérico de O Criador. Logo após a criação de Psykhé o Continente foi deixado aos cuidados do Guardião Dagda, responsável por dividir, designar quatro reinos fundações e zelar pelo Equilíbrio entre os seus habitantes.

A primeira era durante a qual Dagda cuidava do mundo é conhecida como a Era De Ouro, quando o Continente vivia em perfeita harmonia e se desenvolvia sob a tutela do Guardião Supremo. Mas após a ausência de Dagda, a civilização entrou em declínio por disputas entre reinos e por seus territórios, iniciando assim a chamada Era do Povo.

Mata a Cobra e Mostra o...
Como Funciona o Bastão do Max

Neo Maxwell, Maximus Magnanimus Supremus Absolutus, ou Max, para os íntimos, é um ladino que possui a extrema destreza e agilidade que se requer nessa, digamos, profissão.

Mas um ladrão com o mínimo de bom senso sabe que, muitas vezes, o furto não passa tão despercebido como deveria e, nesse momento, é necessário estar armado para se defender de um protetor da lei que não compreende a sua necessidade de adquirir bens alheios para beneficiar sua existência.

Sendo assim, nosso não tão grande ladino (é sério, ele mede cerca de 1,60m) carrega consigo os instrumentos que possam protegê-lo de alguma eventual temporada atrás das grades. Tratam-se de dois tipos de armas:

- Seis Adagas
- Um bastão retrátil

As adagas são presentes que Max ganhou de Fautos, um atirador de facas de um circo itinerante, onde o garoto cresceu cercado de diversos artistas e aprendeu suas habilidades acrobáticas.

O bastão retrátil, no entanto, fora recebido por Max ainda quando criança para que aprendesse a utilizá-lo em espetáculos a fim de pagar por seus gastos pessoais. Foi graças ao auxilio do bastão que Max se apresentou dia após dia, até ser obrigado, por motivo de força maior, a deixar o circo para se tornar um ladino.

Enquanto as adagas exigem apenas a destreza de Max como atirador, o bastão carrega consigo uma peculiaridade que o faz especial: se trata de um bastão cuja retratilidade se dá através de magia.

Puxa, Estica, Solta e Enrola – Como?

Muitos artigos carregados por artistas de trupes como a que Max pertenceu contêm algum tipo de encanto, ainda que simples, para melhorar seu desempenho ou deixar o público maravilhado.

O caso do bastão de Max é o mesmo. O ladino não sabe exatamente a origem do item, mas ele foi-lhe dado por um dos mais antigos ilusionistas do circo, um velho bonachão que possuía um colorido trailer amontoado de artigos úteis e lixos diversos. Max sonhou diversas vezes em adquirir algumas daquelas peças, mas a única em que pôde colocar as mãos foi no bastão e, ainda assim, dado pelo próprio ilusionista. É, não foi daquela vez que o rapaz estreou como o famoso ladino que se tornaria um dia.

Max ouviu do velho ilusionista que o bastão foi feito da madeira de uma antiga Grande Árvore – ou uma Chrainn Mhóir, como eram chamadas as lendárias árvores no Início de Tudo, quando o Continente de Psykhé fora formado e quando Dagda ainda andava pelas terras virgens.

As Chrainn Mhóir possuem sólidos troncos viçosos que não podem ser abraçados por menos de cem homens. Suas copas se estendem por quilômetros acima da floresta, transformando-se nas sombras sobre as sombras das irmãs menores, acolhendo em si mesma centenas de vidas que nela fazem morada. Aqueles que já tiveram a sorte de encontrar uma Grande Árvore em sua jornada por densas florestas tocadas pela magia afirmam que a casca de seu tronco carrega propriedades diversas que podem curar muitos tipos de males. Outros ainda testemunham que seus galhos são capazes de triplicar a potência de quaisquer armas, sejam elas machados, lanças ou uma simples flauta de bardo.

Mas não é o tamanho colossal das Grandes Árvores que as fazem especiais, e sim o fato de serem dotadas de dons como consciência e fala. Grandes observadoras que permanecem há séculos como testemunhas do nascimento e das mudanças do Continente, as Chrainn são alguns dos seres mais sábios de Psykhé.

Porém, não é a riqueza de suas mentes que atrai muitos, e sim na preciosidade de sua madeira.

E foi de um galho de uma Grande Árvore que se talhou o bastão de Max e, por isso, o objeto se alonga de acordo com a necessidade do ladino ou se retrairpara caber em seu cinto – ou, ainda, se auto-reparar caso seja cortado.

Max nunca pôde comprovar se o bastão realmente foi feito do galho de uma Grande Árvore, ou se o ilusionista pagou algum Manipulador por um encantamento em seu objeto, mas a verdade é que, graças ao seu bastão retrátil, o jovem se tornou um exímio acrobata e um ladino que consegue tirar o sono de muitos habitantes dos Territórios Livres.